KB129995

자백

책 만 드 는 집 시 인 선 053

자백

김성찬 현대시조집

책만드는집

| 시인의 말 |

나의 시는 내 자신 자백으로 쓰여진다.

살아 숨 쉬는 순간부터 시작되는 나의 자백.

때時맞춘 살아 있음에 행복하게 쓰여지는 글 덩이들.

계절을, 노을을, 가을을, 사랑을, 이별을 냉큼 훔쳐 먹는 놈. 인생을, 운명을, 인연을, 달든, 쓰든, 아찔하게 마냥 몸에 두르는 놈.

그런 놈이 자백을 해댄다.

오죽하겠나. 지려대는 덩어리들.

여기 한 권의 시조집을 엮었다. 11년 만의 열매다.

책 제목은 '자백' 부제는 '훔친 시간들의 시詩'로 정한다. 세상 모든 것을 사랑하고, 세상 모든 것과 이별할 수 있는 커다란 용기가 필요했던 시조 시인 김하루. 나 김하루가 삼키고 뱉어낸 경험의 글이라 조금은 낯설 수도 있으나 단시조집에 수록된 한 편, 한 편은 내 잘난 얼굴이라 조금도 부끄러울 것이 없다.

민족 고유의 정형시, 시조를 사랑한다.

2014년 이른 봄날

자백 시인 김하루

| 차례 |

서울 연가

2부 붉은 수탉

3부 계절 타는 남자

4부 훔친 시간들의 시

1부

서울 연가

서울 연가

얼룩말 어릿광대로
분장을 한
도시의 밤

조리개 속 선술집엔
뭇 사랑이
똬리를 틀고

비릿한 오물 덮어쓴
낯짝 둘이
입 맞춘다.

12월 17일

때론
숙취에 젖어
날 깨우는 아침을 맞네.

낮익은 소주잔을 조율하던 갈 길 잃은 나.

변두리
좁은 골목길
사람도
삐걱거린다.

쥐꼬리 용꼬리

나는 무엇을 원해
높게만 날려 했을까?

비우고 내려놓으면
그 또한
거길 텐데.

아슬한
신의 곁눈질 피해
외줄 타는
도시인.

신촌

몇 장
만 원을 꽂고
에럴랄라 술집 간다.

이 거리
나잇값 없는
허튼 웃음
눈가에 걸고

느낌표
계절을 입는다.

물음표
사랑을 한다.

23시 59분

토막 난 생각들이 눈치 빠르게 비틀대면 지독한 하루의 흔적, 찌든 때를 빨아댄다.

사는 게 요일 팬티 같다.
빨.
주.
노.
초.
파.
남.
보.

내 길.

밤, 바흐 무반주 첼로곡을 듣다

첼로의 거친
활대를 봐라.

겨울이다.

지린 팬티다.

침묵은
소리를 담아
올 삶 내내 행복하니

빼앗긴 시간뿐일까? 첼로.

너 있음에
감사한다.

학벌 2014

넌.

난.

뭘 할 줄 알까?

영화 관객.

면접실 광대.

매듭만 여러 번 풀린

학벌 낮은 도시 낙오자는

대학로

조각상 붙잡고

삳바 싸움이

한창이다.

혜화역 4번 출구

도시 속
시린 겨울
턱 쳐들고 돌아친다.

똥 마려운 수캐마냥
이리 기웃.
저리 기웃.

세 치 혀
에둘러 잡아 빼가며

산 번지도 오른다.

연애의 기술

낮엔
더러는 누워
가을볕을 갉아먹고

밤엔
밤새에 들켜
갓 빤 팬티 창에 너는

어설픈 명 짧은 광대 짓

해바라기

수늑대

모래시계

밤보다
화려한 낮
탈 쓴 인형극이 펼쳐진다.

풍경 하나. 모텔 골목
.
.
풍경 아홉. 바쁜 이별

거꾸로 시간을 되묻는 알몸뚱이

모래시계

57년생

날 봐라.
홍시 아니더냐?
하늘가지 끝 타는 내 얼굴.

날 봐라.
별 아니더냐?
맑게 눈 뜬 시인 꾀꼬리.

날 봐라.
지게가 아니더냐?
뻗치고 버틴
가장의 덫.

나잇값

젊은
천재는
실패를 경험했다.

늙은
둔재는
성공을 지켜본다.

삶이란
앞선 나이가
빈 몸을
끌고 가는 것.

실내 포장마차

여러해살이
추억이라
들꽃마냥
질기게 펴

불현듯
다가왔다가
한잔 술에
지쳐 가네.

간판은 화투짝 똥광
들어선 나는
시월 단풍.

호프집

헛담배
손질에도
깊은 밤
별은 없고.

빌딩 숲
고향은 도시.
눈빛 잃는
네온만 밝다.

석쇠 위
바다가 탄다.
뼈 발려진
노가리

타투

건물 벽 외등에 갇힌 박쥐 입은 뭘 말할까?

푸줏간 갈고리 걸린 멍든 몸엔 뭘 새길까?

아서라.

세상은 참 맑다.

산은 산.

물은 물.

허튼소리

사는 것이 연극 같아
세 치 혀로 핥아대는

낯선
얼굴의 만남과
텅 빈 눈 속
뒤쪽 이야기들…

껍데기 한 판 굽는다.

낙인찍힌

돼지 껍데기

독설

넝쿨장미
홑꽃잎에
다시 시작된 비 내리고

기타 줄
튕기는 난
덫에 걸린 붉은 도마뱀

비겁한
가진 자들의 독설.
그늘조차 화려했다.

'갑' 질

책상 위 다리 올리고
편한 자세로 전화를 든다.

손목 꺾인 기울기에
침 튀기는 건조한 말들

기우뚱
세상 참 가볍다.

포장 잘된
상한 우유.

선거 벽보

꿇거나 길 줄만 아는 방패를 든 아담의 후예 괴물의 추한 얼굴로 엄지손가락 치켜세웠다.

한 접시 '시가'라 써 붙은

홍어 삼합집

담벼락

조간신문 1면 기사

일타쌍피 고스톱판 비틀릴 대로 비틀려 세상을 토막 내어 본 돋보기안경 너머 삶…

새들도 시를 읊는다는

무인도로 가야겠다.

2부

붉은 수탉

스캔들

시작된
엇갈림 속
이미 식은
사랑의 체온

훔쳤던
휜 시간의 사치
그 추억
찢어가면서

읊조린 입술 각도의 언어

쭈뼛쭈뼛

'미안해'

남자의 기울기

두 뼘쯤
노을 속 살빛.
왜 저리
섹시하냐?

꼼지락 바지 주머니 속
왼손 가득
잡히는 아픔.

다가가
설렐 수 없구나.
한 뼘 남은
옷고름.

키스

입술을
오므릴 동안

달도 떴다.

별도 떴다.

짓빨간 시간 가득
황홀함도 몸을 털고

성숙한 입술 틈새로
아찔함도 빨려 탄다.

장미 여관

겨울밤 외로운 비는
빨간 장미
외투를 끌고

가로등
창밖 비치는
배고픈 사랑을 한다.

설렘은 몇 시간의 품삯.
옷을 벗는다.

모래시계.

405호

오롯한
침묵만으로
두 눈 꼭 감는 키스의 순간

꿈 사랑.
짝사랑.
외로움도 석류가 된다.

알알이 색 밝힌 씨앗들이
밤 별 되어
뿌려진 방

정자의 꼬리

잃고
살았었구나.
소중한 시간과 세월.

놓치진
않았었구나.
십일홍 사랑과 아내.

비 며칠
읊조린 낯선 풍경에

녹슨 시계추는

바쁘다.

사랑아

늘 너는 가을이어라.
바스러질 듯
타는 그 눈빛.

늘 너는 여인이어라.
노을 젖은
설렌 입맞춤.

사랑아.
나는 늘 해로 살련다.

왠지 슬픈
달이 싫다.

불량 유전자

사랑
이래서 아프다.
달콤했던 설렘의 추억.

이별
이래서 아프다.
황홀했던 애무의 추억.

묘비명
이렇게 써달라.

껄, 껄, 껄 웃다 간다. 고

아찔한 사랑법

해는 막
산을 넘어
그림자 없는
푸른 저녁

물 냄새 비릿하다.
살갗 벗는
여울의 유혹.

두둥실 달이 꿈틀댄다.

빨간 입술

그 여인.

원초적 본능

석류알 가득 담긴
붉은 노을
꼭 찌른다.

수줍은 소리 가득
깊게 타던
여인의 앞섶.

한 칸 방
그리운 살냄새에

옷을 벗는다.
자유인.

안방 무대 2인극

못 볼 것
보았나 보다
잔가지 끝
저 홍시

다 벗어
벌거숭이로
몸 달아
곧
터질 것 같다.

기운 창
틈새로 비친
안방 무대
2인극

얼추 쉰다섯

저묾 속
한 덩이 태양
야단법석
발가벗으니

아랫도리 축축한 게
발걸음도 빨라진다.

산, 물빛
비, 풍, 초, 똥, 삼, 팔, 여인.

온 세상이
밤에 든다.

아픈 날

하늘 아래
내 하루는
고장 난 시계의 일 년

하루
이틀
아픈 날 가고
되돌아온 귀퉁이 글 속 나.

언제쯤 자유로울까?
흔적 없는
지독한
사랑

황홀한 비밀

지난날
사진 한 장이
부끄럽게 다가왔다.

눈으로만
사랑 채웠던
반 종지 별똥별들.

숲에선 벌거숭이가 된다.

사과 한 입.

치악산.

곁절이 사랑

겨울밤
하늘빛 봐라?
내 여자
속 눈目 아닌가.

가끔은 별이 눈물로
가끔은 눈雲이 꽃으로

시리게
참 시리게 떠나
맘 지리는
찻사발

속궁합

식물의 성기는 꽃
샘물 꿀로 유혹한다.

곤충의 음경은 삶
바람둥이 조물주다.

홑치마 호박꽃 방엔
기력 잃은
수꿀벌.

가을 동화

해 질 녘
부젓가락은
노을 구름 솜사탕 물고

보랏빛
산등성이로
끝 하루를 밀어 넣구나.

여인아
밤 매듭 함께 풀자.

타는 가슴.

타는 달.

무릎 멍든 달 아래 집

사랑으로
세상 맛볼
떫은 감 속
하루 끝엔.

기분 좋은 노래 불러
뜨는 달도 잡아놓고

못다 춘
춤을 추련다.

아라리요.

아리랑.

나이는?

똥통에
빠져라 나이.
몸, 맘 아직 청춘이다.

세월에 훈장 받고
등짐 진 자식
분가하니

막 문 연
이른 밤 목련도
볼 붉힌다.
다락방.

개그GAG

뜨겁게
확! 뜨겁게
지려불란다. 징한 사랑.

눈물 나게
콧물 나게
목 삼킬 징한 사랑.

허 거참!
지금 아내로 끝나
못 더 해본

굶주린 사랑.

사랑법

달 뜬 밤.
사립문 보러
여울가로 달려간다.

촐랑이는
물비늘 잠긴
여인 달이 섧게 고와

지난밤
몸 지칠 안타까움에
사립 엮어
가둬둔
달.

붉은 벽돌집

문득
불려 왔나
가던 발길 멈춰 선 집 앞.

밤 목련
천 송이 더 펴
천년만큼 아름답구나.

떨군 듯
밤 밝힌 너 목련
슬프고도
아픈 꽃.

가을이라는 이름의 여인

아니면 팔베개.

아니라면 아랫입술.

낱낱이 푸르렀던
알전구 방
낙엽 침대엔

깊숙이 몸 달궈 붉은

11월이 누워 있다.

시조時調 1

밤 지운
품샀은 장미.
하루치 옷고름 풀고

흰 시간
사랑도 한다.
사치스러운 글쓰기

나는 늘
사랑이어라!
침묵.
텅 빈 가슴
별바라기.

시조時調 2

달빛도
이길 수 없는
빨간 입술
사랑일 땐

확 펼쳐 다 태우리.
잉걸불 치켜들리.

시詩와 나
배꼽이 닮았다.
겁 없는
불장난

3부

계절 타는 남자

계절 타는 남자

도시는 밤을 맞는다.
옷을 벗는
아름다움.

마지막 가을비일까?
천박하게
질척이고

거울 앞 낯선 청춘 난
저당 잡힌
몸을 턴다.

울컥!

가질 수
없다면야
빼어야겠지
야윈 가을

안 되면
정 안 된다면
발가벗고
해에 들리.

마지막
외발 선 아름다움이
가지 끝 걸린
해넘이.

훔친 계절

가을은 산을 넘다
좁디
작은
내게로 들고

여우비
단풍 함께 온
흥! 바람도
덧창에 드니

훔친 건 계절뿐이더라

울컥 솟는

그리움

겨울비

오해라
손사래 치며
속 깊게
떠난 가을

몇 송이
마른 입맞춤
여울 비운
눈물 같구나.

찻사발 입술 붉은 상처를

핥고 있는

겨울비.

노을아!

슬프고
시적詩的이며
성숙된 매력도 있어

사랑에 다다를까.
두렵구나.
노을아.

난 추한 시월 벌거숭이로
네 앞에선
책을 덮는다.

Bridge Over The Star

-Keiko Matsui*

사진 같은
시 한 편 써
세 뼘 창틀 끼워놓고

검지로
눌러보는
피아노 건반 반올림 '솔'.

행복한 쉰다섯 밤을 오려
귀를 덧댄
낯선 자유.

* 일본 여성 재즈 피아노 연주가. 1953년생.

추시계

두 뼘쯤
남은 노을이
딱 지금 나 같다만

해 지고
맞이한 이 밤
울울창창
긴 하루네.

늦사랑 한 뼘 매듭을
함께 푸는

추시계.

주름 감춘 도시인

천 개쯤
낙엽에 우는
가을 강은 다 타겠네.

색 붉힌
갈대를 보니
이 몸까지 다 타겠네.

지천명
가진 것 소용없더라.
노을 아래

공깃돌.

쉬!

지리산
천왕봉은
그렇게 내 거시길 봤다.

이별보다 더 아픈, 들꽃 여린 마음에 상처.

난 그냥 크게 웃었다.
쏟아지는
낙엽 비.

산찔레

열매는
망할 놈에
요로코롬 빨강더냐?

지려대던 지난 계절
홀리기에
깨문 입술이

홑이불 펼쳐 덮고는

끝 계절에
피운
정情

지천명

선하고
강인하자.
이 땅에서
저 하늘까지

가족이란
자랑스러운
여행 가방을
꾸렸던 용기.

어즈버
내 몫은 이제 없네.

허울뿐인
명패 하나.

소원

마을 북쪽 산에 올라

산의 동쪽 바다를 본다.

동그랗고
세모지고
네모졌던
나이의 무게.

해 타는
넉넉한 소원 비니
뜨던 해도
작아졌다.

징

깊고
느린
겨울 그놈과
대청봉에 올라섰다.

달군 징 조율한 듯
울컥 솟는 비린 아우성.

가슴이
빠개지는구나.
아름 벅찬
둥근 해.

돋보기안경

천 개쯤
시름 앓는 강
받아들인 바다를 본다.

물무늬 진
지난날들
첫 해 바라 소원 빌고

게 눈 속 갇힌 세월쯤
먼눈으로나
볼까 한다.

귀농

하나,

둘,

쌓은 돌계단

들쭉, 날쭉

정도 많아

지천명

삶 높이 선

모둠발은 알뜰했다.

부터는

흙 계단도 쌓고 싶다.

함께 일구는

감자밭

파장

노을 고와 서러운데
늙은 까치 울며 난다.

타는 산
타는 강 건너
낮술 걸친
시인도 지나

오일장 앉은뱅이저울
잠 깨우려
호들갑.

천왕봉

지리산
거시길 갔다.

낮 거시기.
밤 거시기.

거시길 밟고 서서
거시길 품고 나니

첫새벽. 거시기 열리더니

징허니 솟는

거시기.

아픈 비

찔레꽃
아픈 비 봐라.
팔월에도
피우는갑다.

울타리 친
꽃말에 갇혀
지려만 대던
순한 꽃 따라

바짓단
기억의 올을 풀어
꽃 비 함께
울었다.

TV 속 동화 나라

아름
가을은 빵점.

콩깍지
너, 나는 백 점.

홍시
불 밝힌 밤
꼭 한 번
듣고 싶은 말은

"한자리 사랑헌당께 어이 한번 말혀봐."

무지렁이

꽃 펴라
말 않겠다.
허물 벗는 뭇 생명도

지는 꽃
탓 않겠다.
나도 낡아, 늙어가는걸.

때맞춘 계절 곳간에 들어
껄껄 웃는
무지렁이

계절의 서커스

홑이불에 갇힌 겨울.

맥박 뛰는 재즈의 봄.

집시 닮은 방랑 여름.

무뇌아 애인 가을.

때맞춘
계절의 서커스.

세상 참
아름답다.

화살 타고 건너는 강

여울목 강가 돌 밟고 눈물 흘릴 내가 싫어

한 송이
빨간 장미
잉걸불에
내던지고

빠르게 당겼다 놓은 화살 타고 건너는 강.

낯짝

예닐곱
가을 잠자리
구름 잠긴 호수 날아도.

갈댓잎
흔들고 온
감빛 물든 바람 맞아도.

두껍긴 두꺼운갑다.
쉰 살 넘긴
내 낯짝

대못

제 살을 파서 먹고
제 뼈를 갉아대는

한 십 년
박히지 못해
꼿꼿하게
녹슨 시체
못.

독 오른 망치 대가리 왈曰

해탈이다.

열반이다.

가을 욕심

비 끝 가을 햇살에 깊게 썩는 잡풀 냄새와 웬만큼 슬픔도 아는 풀벌레들의 짝짓기라…

발정 난 허수아비가 가리키는 감 익는 집.

빨간색 크레파스

환장할
들꽃 핀 자리
바위 틈새
낯선 얼굴.

내 속엔 지워야만 될
그 여인
입술 색 닮아

한 하늘 보랏빛 쪽물 든
노을 구름만
쥐어짜네.

슬프다

시월
저녁노을은
너무 고와
슬프다.

무반주
첼로곡 걸린
굴뚝 보니
더 슬프다.

그 하루
풋풋한 나를 보니
시리도록
아파 슬프다.

겨울비 여인

짧은
아주
짧은 순간
눈 뗄 수 없는
은빛 나체

소문은
날아왔고
차마 얘길
못 하는 불륜

한밤 내
멈추지 말아요.
지금
막
문
나섭니다.

4부

훔친 시간들의 시詩

훔친 시간들의 시詩

손도.
맘도.
발도.
눈도.
입도.
귀도.
임 떠나면

이별이야!
이별이야!
훔친 시간들의 시詩.

먼 쪽물
뒤 감춘 슬픈 사랑
봄 곧 온다.

자기야.

빗방울 하나가

솔잎 끝
방울 달린
하늘 담긴
빗방울이
똑.

천길
만길
땅을 향해
쏜살같이
떨어지다가.

오줌 싼
귀두 위로
턱
걸터앉아
날 본다.

기상이변

떡갈나무 추시계는 복제된 시간을 끌고

봄.
여름.
가을.
겨울.
강.
산.
마을.
도시를 지나

세속의 무대에 올라 악보 없는 연주를 한다.

밥 짓는 남자

노을 옷
허리 두른
해를 보니 한 뼘이고

덧창 틈
훔쳐보는
달을 보니 그리워라.

새벽닭
황홀한 들썩임에

붉어지는

가을 산.

개 밥그릇

곤추선
해를 쫓아
감잎 굴려
함께 온 참새

앞마당 흠씬 널린
늦가을을 쪼고 있다.

뜬 하루 정오의 만찬

시인네 집
개 밥그릇

보쌈

바깥쪽
겨울 붙잡고
햇살 퍼 담는
한 그릇 봄날

해우소 담장 너머 다람쥐 눈과 마주쳤다.

울먹한
각시 씨감자 한 알
입에 물려
시집가는 날

짧은 글

실컷 사랑하라.
먹고.
싸고.
자고.
먹고.

실컷 울어봐라.
먹고.
싸고.
자고.
먹고.

좀 늙어
실컷 즐겨봤다며
또 먹고.
싸고..
글 쓰고.

공空

산 턱 괸
달은 여인
쭈뼛 입쯤 맞추고 싶다.

겨울밤
짧은 산책
눈길 걷다 문득 멈춰

발 밟힌
달그림자 속 나를
발로
툭
차보는 추억.

투명인간

사랑은
청보리밭
아픈 비에 몸을 뉘고

이별은
겨울 갈대밭
왼쪽 시린 사랑이네.

하 쉽다.
나는 왜 나를 못 봐
사랑.
이별.
어렵나.

시인의 한해살이

삼월은 눈이 깊고

오월은 그윽하다.

무섭도록 푸른 칠월

단풍 고운 난장 시월

화투짝
비쌍피 껍데기
동짓달은
너무 춥다.

넋두리

수천 번
그리워했을
몇 계절 외로움도

못 잊는
여인 모습
애써 외면한 잔인함도

날 잡고
놓지 않는다면야

그 또한

보름달

모란장 각설이

환장할
화장을 하고
쭈뼛대는
입 걸은 놈

거덜 난 모습 하며 팔자걸음 난장인데

바가지 깨 달라붙듯

엿 사라며
튀기는

침.

이웃사촌

비칠비칠
해를 잡는
오일장 낮술에 취해

무늬만
시인이라
취바리* 탈을 썼다.

깨 모종
검은 비닐에 담겨
아우성치는 초저녁

* 산대놀음에 쓰이는 기괴한 모양의 사내의 탈.

시인의 아내

침묵은
식탁에 앉아
앵무새와 함께 산다.

뿔테 낀
돋보기 세상
세월 벌써 뜀박질하고

벽 걸린
추시계 위 앵무새.

"일어나 식사하세요"

부부 싸움

나이가
갇혀 있는
골 깊은
주름 뒤 숨어

늦은 밤
볼멘 눈으로
밑줄 긋던
사랑 그 편지.

오늘은
가난한 식탁에 앉아
뻔뻔스럽게
읽힌다.

사랑, 아직도…

입 맞추면
두 눈 꼭 감는
참 예쁜 소박한 꽃.

살 맞댄 삼십여 년
눈물 펑펑
사르지도 못한

한 매듭 밥풀때기* 아내.
사랑한다.
밤 목련.

* 가족의 건강에 신경 쓰는 아내를 시적으로 표현한 것이며 아내를 낮춰 쓴 글이 아님을 정확하게 밝힙니다.

끝 사랑

정신 똑바로 차리며 살다가

정신 줄
놓는 그날
한날.
한시.
함께 갑시다.

끝 사랑

정 안 된다면야

내가 먼저

가지요.

목욕탕

속물 든
아내와 나
두 사람 실랑이다.

나체 하면 떠오른 여자.
성기 하면 떠오른 남자.

그렇게
에덴 목욕탕 과실은

주렁.
딸랑.

아찔하다.

꼴 값

나무
코펠에 끓인
낙엽
라면 맛이라.

지붕은 별, 달이요
한 평 방은 여울가니

온 세상
내 것만 같구나.
소주 한 병
삼겹살

살충제가 떨어진 날

모기는 파리를 물까?

파리는 모기를 빨까?

무섭게
자리 잡는
상상 속 애완 곤충들.

속 빨간
암모기 입맞춤에
발가벗긴
늙청년

아인슈타인과 시인

빛도 휜다.
시간도 휜다.

먼 우주 공간의 멋

글도 휜다.
생각도 휜다.

비틀려 가 닿는 시詩 맛

가을은 내게 신神이다.

빨간 사과.

구절초.

매듭

서녘 하늘 묵묵히 해의 살을 발겨 먹다가 붉게 익은 정수리를 곧고 바르게 내리친다.

그제야 한 하늘이 숨는 칠흑 같은 그믐밤.

밑씻개

다
내 것
같은 세상
움켜쥐고 길 나섰다.

하늘 닦을 휴지 한 토막.
강, 산 그릴 연필 한 자루.

빈 농가
달 아래 텃밭에서
고민해보는
밑씻개

탄다

잘 익은 태양도 탄다.

사랑받는 달도 탄다.

연탄불 위 꽁치도 탄다.

여인 잃은 가슴도 탄다.

낯선 밤
담 벽에 기대 핀
찔레꽃도 지려 탄다.

소꼬리

나서 죽는
큰 뜻이야
어찌 글로
풀겠는가?

나 늙어 하늘 됨야
애써 막지 않겠다만

골 깊은
어머니 모습 뵈니
안타까운
세월뿐

자백 1

난 아직
세월 떠돌이
휑한 웃음 계절 신고

한 발짝
앞서 가는
놓친 시간을 잡아끈다.

넘치게 인생을 낭비한 죄.

시詩 속에
숨어 산

죄.

자백 2

글 덩이
시詩를 삼킨다.
노을 아래 소년으로.

바보는
그렇게 산다.
헐레벌떡 삼키는 나이.

사계절 방 한 칸 얻어 살며

찧고.
빻는.

글쓰기.

대한민국은 참 아름다운 나라다. 자그마한 돌멩이까지도 예쁜 그런 나라다. 길지 않은 삶 동안 여행을 다녀봤지만 곳곳 눈 둘 곳이 너무 많아 행복한 그런 보물 같은 나라다. 이런 곳에 부끄럽게 한 자리 차지한다. 내 집이 넓어지면 아름다운 강, 산이 아파할까 봐 최대한 자그맣게 시작해볼까 한다. 강원도 횡성 어느 골짜기쯤에…….

읽던 책을 덮고 마냥 바라만 보다 한순간 뺨을 타고 내린 눈물에 발등을 내주는 그 모든 아름다운 것들에게 김하루 시조집을 아낌없이 주고 싶다. 가을에게도, 노을에게도, 별, 달에게도, 강, 산, 여울, 홍시, 눈, 비, 여인에게도. 아침에 떠오르는 해에게도. 발을 내려놓게 만든 들꽃들에게도. 내 곁을 묵묵히 지켜주며 말 없는 애교를 보이는 아내에게도 이 책을 듬뿍 안겨주고 싶다. 물론 낯 뜨거운 일이겠지만 말이다.

시는 아래와 같은 시작으로 한 수, 한 수 쓰여졌다.

첫 번째 목차에 쓰인 '서울 연가'는 도시의 삶을 살며 접한 먼지 낀 순간들을 시로 옮기게 된다. 낡아빠진 조각보를 두른 도시의 거추장스러운 눈빛과 허튼 웃음, 조금은 손해 보는 것 같은 말투와 행동, 주위의 시선…

얼룩말 어릿광대로 분장을 한 도시의 밤
조리개 속 선술집엔 뭇 사랑이 똬리를 틀고
비릿한 오물 덮어쓴 낯짝 둘이 입 맞춘다.
—「서울 연가」

서울이라는 도시의 밤은 많은 사연을 빨아들이는 블랙홀 같다. 끊임없이 몸통 없는 사연들을 마셔댄다. 무수히 많은 겉 빈 사연들 중 사랑을 빼놓을 수는 없겠지만 눈가 웃음 귀에 건 젊은 청춘의 지나친 모습이 자꾸 눈에 거슬린다. 신촌 허름한 카페에서 한 컷 찍어둔 그림이다.

때론 숙취에 젖어 날 깨우는 아침을 맞네.

낯익은 소주잔을 조율하던 갈 길 잃은 나.
변두리 좁은 골목길 사람도 삐걱거린다.
—「12월 17일」

지금껏 서울에 살며 쉽게 보낸 시기는 철없이 부모에게 원하기만 하던 그때인 것 같다. 나이 들어 사랑을 하고, 돈도 벌게 되면서 많은 사람들과의 만남은 자연스러운 교과서. 한 잔 술에 속마음을 털어버리다 보면 가면 쓴 거짓 웃음 뒤에 숨은 낯선 진실도 보게 된다. 초저녁부터 아침까지 이어지는 몇 차례 탈 쓴 1인극. 생일날 한 컷.

학회 모임 관계로 대학로를 종종 가곤 한다. 그런 날 이른 저녁 시간대에 젊은 청년들이 과한 술을 못 이겨 골목 구석진 곳을 찾아 마신 술을 쏟아내는 것을 본다. 사연이야 어떻든 좀 더 밝은 모습을 보았으면 하는데 넘치도록 방황하는 젊음이 너무 안타깝다. 커다란 짐을 쓰고 있는 윗사람들이 잘해줄는지 걱정이다.

넌. 난. 뭘 할 줄 알까? 영화 관객. 면접실 광대.
매듭만 여러 번 풀린 학벌 낮은 도시 낙오자는

대학로 조각상 붙잡고 삳바 싸움이 한창이다.

—「학벌 2014」

건물 벽 외등에 갇힌 박쥐 입은 뭘 말할까?

푸줏간 갈고리 걸린 멍든 몸엔 뭘 새길까?

아서라. 세상은 참 맑다. 산은 산. 물은 물.

—「타투」

젊음은 자신만이 누릴 수 있는 최고의 선물이다. 난 그런 젊음을 오직 앞만 보며 달렸고, 사랑만 하느라 옷을 껴입었다. 바쁜 인생사 나잇값을 할 만큼 나이를 먹고 보니 젊음이 있는 곳이라면 어김없이 눈에 띄는 살갗 치장한 젊은이들을 볼 수 있다. 낯선 광경은 아니지만 멀찌감치 떨어져 부모 된 입장으로 골똘히 생각해보았다.

꿇거나 길 줄만 아는 방패를 든 아담의 후예

괴물의 추한 얼굴로 엄지손가락 치켜세웠다.

한 접시 '시가'라 써 붙은 홍어 삼합집 담벼락

—「선거 벽보」

애국자들은 선거철만 되면 호황이다. 침 튀기며 쏟아내는 알 수 없는 족보를 펼쳐 들고 큰 소리로 집안, 학벌, 경력 자랑이다. 그런 고귀한 분이 한자리 하겠다며 무지렁이 나에게 오른손을 내민다. 나는 오른손이 없는데 말이다. 참 기가 막힌다. 나 김하루는 김성찬이란 이름으로 군대 3년 뭉그러지다 온 예비역 병장이며 세금 꼬박꼬박 낸 애국자다.

두 번째 목차는 '붉은 수탉'이다. 여기서 '붉은 수탉'이란? 많은 생각을 가지고 있으며, 사랑에 눈이 먼 자유인을 말한다.

> 시작된 엇갈림 속 이미 식은 사랑의 체온
> 훔쳤던 흰 시간의 사치 그 추억 찢어가면서
> 읊조린 입술 각도의 언어 쭈뼛쭈뼛 '미안해'
> —「스캔들」

사랑은 참 아름답다. 훔칠 수도 없는 아름다움이라 몸으로 덤벼드는 수밖에 없다. 그런 사랑은 욕심도 많다. 꼭 이별이란 거추장스럽고 아프기만 한 그놈을 곁에 두고 산다. 내 이별은 여기서, 너 사랑은 거기서, 쭈뼛대는 붉은 입술을 모아

용감하게 사랑을, 이별을 외친다. 못할 짓이다.

사랑 이래서 아프다. 달콤했던 설렘의 추억.
이별 이래서 아프다. 황홀했던 애무의 추억.
묘비명 이렇게 써달라. 껄, 껄, 껄 웃다 간다. 고
—「불량 유전자」

나는 벌써 준비를 해놓았다. 아내 송영희 여사와 듬직한 아들 김영훈, 사랑하는 소중한 딸 김송이에게 나 죽으면 묘비명 꼭 이렇게 써달라고 부탁했다. 사랑은 이래서, 이별은 그래서 힘든가 보다.

못 볼 것 보았나 보다 잔가지 끝 저 홍시
다 벗어 벌거숭이로 몸 달아 곧 터질 것 같다.
기운 창 틈새로 비친 안방 무대 2인극
—「안방 무대 2인극」

초겨울 늦은 밤 홍시 꽃이 서럽도록 시리게 펴 제 몸을 가누지도 못하고 있다. 혹 눈이라도 내리면 어쩌나 하는 빈 마음에 눈目 비워 담아놓은 홍시 몇 알을 시로 옮겨보았다. 시조의 맛을 처음으로 맛보게 된 초기 작품이다. 십여 년 전의 일이지만 맛깔나게 똑 떨어지는 상상 속 시조의 세계를 보게 되어 지금도 이 글을 읽을 때면 가슴이 두근거린다.

세 뼘 창틈으로 비친 신혼부부의 사랑싸움을 달 뜬 밤 담벽에 기대서 있는 감나무 가지 끝 달린 발그레한 홍시가 훔쳐보니 속 타는 홍시의 마음이 저렇지 않았을까?

달 뜬 여름밤 강여울에 몸을 담그고 옷을 갈아입는 달빛은 참 아름답다. 지금도 눈에 선한 몇 안 되는 잊을 수 없는 풍경이다. 강원도 횡성댐 인근에 있는 강여울은 잔잔한 그리움이 묻어나는 그런 곳이다.

> 달 뜬 밤. 사립문 보러 여울가로 달려간다.
> 촐랑이는 물비늘 잠긴 여인 달이 섧게 고와
> 지난밤 몸 지칠 안타까움에 사립 엮어 가둬둔 달.
> —「사랑법」

촐랑이는 여울에 빠진 달빛이 애처로워 사립을 엮어 가둬두는 사랑법.

밤 지운 품샀은 장미. 하루치 옷고름 풀고
흰 시간 사랑도 한다. 사치스러운 글쓰기
나는 늘 사랑이어라! 침묵. 텅 빈 가슴 별바라기.
—「시조時調 1」

달빛도 이길 수 없는 빨간 입술 사랑일 땐
확 펼쳐 다 태우리. 잉걸불 치켜들리.
시詩와 나 배꼽이 닮았다. 겁 없는 불장난
—「시조時調 2」

두 편의 사랑 고백은 김하루의 행복한 마음을 글로 표현한 것이다. 시조를 더 많이 사랑 해야겠다. 부끄럽다.

가질 수 없다면야 뺏어야겠지 야윈 가을
안 되면 정 안 된다면 발가벗고 해에 들리.
마지막 외발 선 아름다움이 가지 끝 걸린 해넘이.
—「울컥!」

울컥한다. 이미 늦은 속울음은 미친놈처럼 왼뺨을 타고 내리고. 발걸음은 이미 멈춰 가던 길마저 잃어버렸다. 들숨은

힘겹게 목구멍을 핥으며 턱, 턱 가쁜 숨을 들이쉬고. 너무 고와 아름다운 끝 하루는 나를 또 이렇게 바보로 만들었다.

빰 얇은 노을에 옷 벗고 뛰어들어 난장 큰 사랑을 맘껏 해보고 싶다.

재미있는 단어 중 거시기란 단어가 있다. 오묘하고, 당돌하며, 건방지고, 수줍기까지 하다. 그런 거시기에 빠져 거시길 해대는 거시기한 거시기를 보니 거시기가 거시기하다. 이렇게 거시기는 거시기해서 거시기하게 글로 거시기하게 됐으니 이 얼마나 거시기하지 아니한가. 그런 거시기가 징허니 솟아오른다. 내 거시기마냥.

지리산 거시길 갔다. 낮 거시기. 밤 거시기.
거시길 밟고 서서 거시길 품고 나니
첫새벽. 거시기 열리더니 징허니 솟는 거시기.
—「천왕봉」

아름 가을은 빵점. 콩깍지 너, 나는 백 점.
홍시 불 밝힌 밤 꼭 한 번 듣고 싶은 말은
"한자리 사랑헌당께 어이 한번 말혀봐."

—「TV 속 동화 나라」

한 편의 거시기한 시詩 아닌가. 아침 TV 방송에 나온 산골 노부부의 살가운 애교를 보고는 한참을 멍하니 있었다. 나는 아내에게 사랑한다는 말을 요즘 몇 번이나 하며 살고 있는가? 도시의 삶은 사랑도 각을 잡는지 삼십여 년 넘게 살아온 고놈 사랑 씨앗도 기력을 잃게 하는가 보다. 낯 팔리는 일이다.

빛도 휜다. 시간도 휜다. 먼 우주 공간의 멋
글도 휜다. 생각도 휜다. 비틀려 가 닿는 시詩 맛.
가을은 내게 신神이다. 빨간 사과. 구절초.
—「아인슈타인과 시인」

지금까지 내 나이를 살며 종교를 가져보질 못했다. 간절한 부탁이 없었던 삶은 아니었으나 열심히 살면 안 되려나 싶어 멀리 계신 그분들께 간절히 손 내밀지는 않았다. 이 글은 빛도 시간도 휜다는 우주의 아름다운 멋과, 글도 생각도 휠 수 있다는 상상력의 맛이 더해진 구도다. 천재 아인슈타인과 평범한 시인의 상상력 겨루기. 꼭 이기고 싶다.

파란 하늘이 너무 높아 무서운 녹슨 가을. 한가한 산자락을 걷는 내게 눈에 밟히는 새빨간 사과 몇 알과 수줍게 활짝 핀 구절초 한 포기는 신神만큼이나 소중하다.

> 실컷 사랑하라. 먹고. 싸고. 자고. 먹고.
> 실컷 울어봐라. 먹고. 싸고. 자고. 먹고.
> 좀 늙어 실컷 즐겨봤다며 또 먹고. 싸고. 글 쓰고.
> —「짧은 글」

먹고, 싸고, 자고, 먹고를 쉰 해 넘게 했다. 해서 오늘도 나는 사랑을 한다. 내일도 나는 이별을 할 거다. 왜! 난 자유인이니까. 그러곤 또 먹고, 또 싸고, 또 자고, 또 먹고 죽을힘을 다해 글도 쓸 거다. 왜! 난 바보니까?

> 입 맞추면 두 눈 꼭 감는 참 예쁜 소박한 꽃.
> 살 맞댄 삼십여 년 눈물 펑펑 사르지도 못한
> 한 매듭 밥풀때기 아내. 사랑한다. 밤 목련.
> —「사랑, 아직도…」

아내에게 바치는 시다.

쉰 살 갓 넘은 아내는 아직도 예쁘다. 밤 목련같이 소박하다. 그동안 고생만 시켰는데 한 번도 싫은 소릴 않는 걸 보면 착한 누님 한 분 모시고 사는 게 분명하다. 감사하다. 지금껏 나를 키워줘서 고맙다. —사랑합니다.

솔잎 끝 방울 달린 하늘 담긴 빗방울이 똑.
천길 만길 땅을 향해 쏜살같이 떨어지다가.
오줌 싼 귀두 위로 턱 걸터앉아 날 본다.
—「빗방울 하나가」

소낙비 지나간 오후 커다란 소나무 밑에서 소변을 본다. 한순간 몸으로 전해져 오는 오묘한 세상의 맛? 안 당해본 사람은 모른다.

하늘 담긴 한 방울 파란 빗방울이 살갗을 비켜 때리는 그 재치에 세상 속 아름다움은 이렇게도 사랑을 하는가 보다. 크게 웃는다.

난 아직 세월 떠돌이 휑한 웃음 계절 신고
한 발짝 앞서 가는 놓친 시간을 잡아끈다.
넘치게 인생을 낭비한 죄. 시詩 속에 숨어 산 죄.
—「자백 1」

글 덩이 시詩를 삼킨다. 노을 아래 소년으로.

바보는 그렇게 산다. 헐레벌떡 삼키는 나이.

사계절 방 한 칸 얻어 살며 찧고. 빻는. 글쓰기.

—「자백 2」

아름다운 계절이 오면 울 수 있다는 것에 감사한다.

행복한 시인으로 늙어갈 수 있다는 것에 감사한다.

사랑을 사랑답게 사랑할 수 있다는 것에 감사한다.

아름다운 모든 것을 아름답게 볼 수 있다는 것에 머리 숙여 감사한다.

인생은 너무 소중해 삶을 사랑하며 살 수 있다는 것에 감사한다.

자백은 시조 시인 김하루의 글이다. 조금은 미쳐 있을 것 같은 시 쓰기에 나 자신 부끄럽기는 하나 한 수, 한 수 쓰여진 시를 방 벽 사방에 가득 채우고는 큰 소리로 자백을 해댄다.

화가 김점순 씨는 이렇게 말했다. “자백이라는 미친 상태로 일생을 채우는 자가 예술가다”라고. 난 오늘도 내가 쓴 시를 지켜보며 한없는 자백을 해댄다. 자백. 자백. 낮을 밤 삼아. 밤을 낮 삼아.

시집을 엮게 된 주저리주저리는 이것으로 됐다. 부족한 글 읽어주신 분들께 감사하며 좀 더 많은 지면을 보여드려야 하나 세상 많은 것이 모자란 자백 시인 김하루는 요만한 크기의 그릇밖에는 안 되니 용서를 빌밖에.

2014년 이른 봄날 자백 시인 김하루.

자백

초판 1쇄　2014년 4월 30일
지은이　김성찬
펴낸이　김영재
펴낸곳　책만드는집

주소　서울 마포구 양화로3길 99 4층 (121-887)
전화　3142-1585·6
팩스　336-8908
전자우편　chaekjip@naver.com
출판등록　1994년 1월 13일 제10-927호

ISBN　978-89-7944-477-3 (04810)
ISBN　978-89-7944-354-7 (세트)